白叶劲青川

青川县文学艺术界联合会
广元市诗词楹联学会 编

黄河出版传媒集团
阳光出版社

青川白茶开采启动仪式

采茶忙

采茶姑娘

采摘的白叶一号鲜叶

采茶现场

青川白茶基地

青川白茶基地

青枝绿叶也是金枝玉叶

青川白叶一号白茶瓦砾基地一角

青川白茶基地

一片叶子
再富一方百姓

青川白茶基地

序

李俊生

　　《白叶动青川》这本书即将与读者见面。白叶动青川，我们为什么要用"动"？动，是发动、带动，是撬动、推动，是感动、激动。白叶发动了青川人民普遍栽种，带动了一方百姓致富奔康。青川找到了支点，撬动了经济，推动了发展。同时，感动了青川儿女、感动了诗人作家。《毛诗序》曰："诗者，志之所之也。在心为志，发言为诗。情动于中而形于言。"白居易《与元九书》曰："感人心者，莫先乎情，莫始乎言，莫切乎声，莫深乎义。诗者，根情，苗言，华声，实义。"所以这本书诞生了。

　　2018年4月，浙江省安吉县黄杜村20名农民党员给习近平总书记写信，汇报村里种植安吉白茶致富的情况，提出捐赠1500万株茶苗帮助贫困地区群众脱贫，得到了总书记的充分肯定。青川县是四川省唯一的受捐县。2018—2019年，黄杜村累计向青川县捐赠白叶一号茶苗540万株，建成1517亩受捐茶苗基地，涉及沙州镇青坪村、关庄镇固井村、乔庄镇瓦砾村3个贫困村。经过精心培育，这批茶苗已长成致富茶树。从此，安吉白茶与青川县茶农结下了不解之缘。

2022年，青川县在沙州镇、木鱼镇、骑马乡、蒿溪回族乡4个乡镇6个村扩种茶苗1757.5亩，基地总规模达到7075.5亩，频传"一片叶子再富一方百姓"的佳话。"饮水思源，头一批白茶，将作为感恩茶，赠给援建、帮扶青川县的浙江亲人。"3月24日，首次白茶开采启动仪式在广元市青川县关庄镇固井村举行。青川县委书记龙兆学在现场宣布："今天这批白茶，我们将尽快炒制好，首先送给浙江安吉县黄杜村的村民。"挂职青川县委常委、副县长的浙江杭州援川干部何立剑表示："今年计划再投入东西部协作资金1000万元，建1700亩标准化种植基地。"

"第一杯茶寄远方的亲人，第一首诗献远方的亲人。"青川县委宣传部与广元市诗词楹联学会组织作家、诗人数次采风，积累了一大批优秀诗词作品，联合推出了《白叶动青川》这部著作。作家们把真挚的情感注入笔端，把朴实的言语融入平仄，融于节奏和韵律，感恩总书记，感恩浙江亲人，讴歌新时代，讴歌青川儿女。

目 录
CONTENTS

白茶园

新农村

青川梦

川浙情

白茶赋

白茶新诗

编余逸韵

白茶园

BAIYE
DONG
QINGCHUAN

李俊生

白茶园采风

层叠叠千行，行行接碧苍。
苍枝新叶白，白蜡染山冈。

固井白茶园

固井归来终获悉，为痴白化劳成疾。
不经风雨几番摧，敢与同行争第一。

注：固井乃青川县关庄镇的一个村，是浙援茶叶基地。

白　茶

修长身裹白丝绒，借得天时自变通。
漫道他乡风月好，量君三碗腋生风。

参观白叶一号基地

三两片芽爬玉枝，深闺今出为谁痴。
拼将洗得一身白，不负君心不负诗。

青川白茶赞

迁来懒问是何人，恪守初心不失真。
但得山乡根植后，拼将染就一方春。

冯安富

青川白茶

山峰座座竞娇娆，碧浪千层上九霄。
一片叶儿一片意，白龙江涌浙江潮。

何 草

参观青坪村白茶基地

土瘠山高苦不堪，纷飞孔雀尽东南。
万株苗是逆行者，化作春风一味甘。

杨晚波

青川白茶园七首

浮生今日又偷闲，来渡千年白水关。
却见沧桑非独我，皱纹道道是茶山。

金闪鳞浮耀日华，峰回倒影杜鹃花。
此来不作垂纶客，闻说湖边新采茶。

清泉雀舌焕烟萝，谁识杯中野趣多。
收就山川云水色，溢香疑有鸟飞歌。

香碧微微淡复悠，清纯满舌五分留。
休夸扬子江中水，水在青川正上游。

层层叠叠漫山栽，冷雨还同烈日开。
莫道炎凉无是处，好茶味自此中来。

几番风雨几番晴，见惯冬枯见夏荣。
天地人生兼此味，是甜是苦任他评。

疏疏围坐巨杉台，盏盏云霞向日开。
纵使山中时序慢，教人留恋厌归来。

关庄白茶

苗生东海边，袅袅落青川。
夜润千山雾，朝开万里天。
春枝银拥碧，秘色翠飞烟。
来已三年后，清香动锦笺。

青川白叶一号茶二首

江南有玉芽，西去遍山崖。
身动青云影，枝凝白水华。
迎春衣似雪，入盏碧兼霞。
告慰小儿女，无须夜绩麻。

本是横坑坞上菲，嫁来白水亦依依。
身寒夜被千峰雾，露重霞开万点玑。
待到香枝银叶落，且看玉盏碧华飞。
云中三月采茶曲，十里犹能动翠微。

黄芝龙

青川白茶

银毫来浙北，千里寄乡情。

叶白临泉漱，山高缀露生。

浅香鲜亦爽，满盏色犹清。

致富欢声远，青川独有名。

余彪林

青川青坪白茶三首

一片新芽雨露恩，饮茶不忘送茶人。

扶贫脱困山乡美，老幼温馨笑语频。

湖光山色映朝霞，雾润风翻荡绿纱。

翠叶舒张茶岭秀，依稀此处是仙家。

脚下青阳沃绿洲，风光旖旎伴江流。

登高垄上欣然望，蜀北茶乡此地幽。

西江月·夏访青川上马、固井二村白茶基地

幽借山巅云雾，香凭崖畔茶魂。参研白叶富村民。僻壤穷乡缀锦。 识得此中滋味，觅来无上欢欣。情通四海共温馨。茗茶一杯常品。

鹧鸪天·青川白茶吟

大美青坪画意浓，群山万叠抱嫣红。绿株缘结三千里，白叶香浮十二重。 云雾质，碧纱笼。玉壶光映好风从。清心漫品为诗醉，一抹斜阳窈窕中。

赵仕诚

青川茶山行

山川奇异绿荫蓬，玉露银针始觅踪。
虽未饮来茶七碗，清风已使梦卢全。

青川白茶四首

白茶安吉已封神，川浙缘联结至亲。
传语殷殷存眷顾，还教再富一方人。

岭峻天高雾裹霞，层层卵石杂黄沙。
为教僻壤增民富，物候相宜植白茶。

往昔荞禾多不生，如今遍野绿莹莹。
消闲尤作杯中物，片片蕴含川浙情。

润肺温脾期不常，一壶沁罢满庭芳。
何人邀得竟陵子，也到青川尝一尝。

固井白茶

闻道关庄好，随游日正中。
坡坡金泛碧，叶叶白侵红。
因病生端异，涵香大不同。
茗壶新贵族，竟在此间逢。

清平乐·白叶一号产业园

峰齐云表，树树寒烟绕。碧色连天相见好，谁让山乡变了？
灵根源自何方，苕溪一脉分香。春雨春风常住，新村画卷犹长。

赵明光

青川白茶基地品茶二首

空中腾紫气，碗里散清香。
无意浓和淡，诗情总挂肠。

白茶凝馥郁，芳卉带香开。
入韵三分醉，诗魂笔下来。

关庄镇固井村白叶一号茶园二首

茶园一片绿茵茵，叶茂枝繁喜煞人。
本是江南娇贵女，扎根固井助扶贫。

天生丽质出钱塘，远嫁青川意气扬。

雨少严寒浑不怕，要将大爱播贫乡。

参观青川木鱼镇上马村白茶基地三首

夏日访青川，采风看大千。

深山腾紫气，远岫起青烟。

四岭茶香聚，一杯诗韵牵。

醉人何必酒，秀色可留仙。

骄阳伴我巡，抬眼看时新。

山带溪声入，林深鸟语频。

青峦披秀色，白叶吐芳春。

此地风光好，诗情最可人。

许身融沸水，面世出春岑。

雅韵杯中溢，芬芳梦里寻。

茗香能醉月，淑气可清心。

绿色山珍宝，堪为一品琛。

春游茶园

三月嫩芽吐，坡岭披新绿。

茶丛蝴蝶飞，花下蜜蜂舞。

清香溢心脾，艳阳嬉夜露。

久居城中厌，日斜懒归去。

蒲汉林

青川白茶二首

灵山秀水绕人家，雨露春风润绿芽。

镇日清欢无别事，轻烟袅袅煮新茶。

纯厚清鲜浪自夸，神思飘逸满天涯。

白毫一克千金重，欣喜青川有此茶。

注：白毫指白毫银针，为白茶极品。

杨光雄

青川白茶园三首

帮扶阵里是先锋，绿满坡田别有功。
每自邀杯情转切，对君遥寄托征鸿。

重经高处望云开，幸得壶中碧玉来。
任使风波相次起，胸间已自绝尘埃。

茶缘已结日相亲，蜀水来煎倍觉珍。
每欲清心知去处，无时不念浙西人。

青川白茶

谁将此地作图标，竟向深山画线条。
芽似纤毫云可蘸，汤浮碧盏雾相撩。
指困幸得再牵手，爽口终归要畅销。
最是钱塘春意满，馨香不畏路迢遥。

白 峰

青川白茶基地随咏三首

新风玉露润青川，产业扶持绿浪翻。
白叶奇生春色好，乡山真正变银山。

浙川联手绿成行，山坳飘来淡淡香。
异地培栽千万梦，白茶辉映碧天长。

高山岭上正春归，攘攘游蜂带露飞。
探看醉人香溢处，茶林沟坎野蔷薇。

贺继彪

问 茶

岚雾蒸腾香满山，谁将瑞草布青川。
漫言迢递浙江路，宵旰殷殷把线牵。

种 茶

青山秀水绝埃尘，瘴疬千秋不问津。
黑土新翻千万亩，隔年茶树碧成茵。

采 茶

节至清明时至春，拈花指下雨销魂。
旗枪半吐新芽软，且放歌声出绛唇。

炒 茶

起灶支锅慢杀青，翻飞嫩叶似精灵。
炒揉晒烤烘干后，共与深情寄北京。

忆 茶

忆昔茶山染落曛，银芽斜对陇南云。
千杯饮别青川叶，叹此醇香不再闻。

饮 茶

瓢舀清江水，闲烹白叶茶。

临风邀羽客，对盏啖银芽。

月落山亭冷，香飘云外霞。

菩提树何处，恨不植吾家。

康映国

诗吟青川白茶四首

事业初心未可删，扎根原在瘠贫间。

一壶泻下清江水，顿使茗涛漫蜀山。

小园瓜果大园茶，点缀山间几树花。

云里飘来采茶调，十分诗意在农家。

育成嘉木累年功，品自高寒香自浓。

为报江南春有信，一杯遥寄蜀山风。

石砌梯田费剪裁，移来嘉木此中栽。

芳香挨到清明雨，惹得陆郎持伞来。

徐家勇

青川向阳茶山得句

信是青川不一般，向阳花木碧云宽。
多情到老方知味，识得人生几笑欢。

青川白茶

层层叠叠嫩芽新，妙手千搓一水醇。
自是春风藏不住，品其真味有诗人。

邓　勇

青川白茶

见证殷殷领袖心，两千里外遣甘霖。
如今恰似摇钱树，一亩青山三斗金。

邓平

春访青川白茶基地二首

碧玉摇生琥珀光，近枝迷醉白茶香。
声名久已闻东海，又见青川步小康。

震毁当年几断魂，人间有爱抚伤痕。
扶栽千亩摇钱树，僻壤成为聚宝盆。

关庄镇固井村白茶基地感吟

别却江南雨，来酬蜀北功。
春生香霭霭，夏发叶葱葱。
固井关山远，乡亲友爱融。
初心驱使命，所系更无穷。

品味青川白茶

山泉煮水沏新茶，半盏烟波漾绿芽。
便觉春光归眼底，居然暑气向天涯。
闻香识得江南韵，品味分明蜀北家。
忆及从来多少事，停杯默默望京华。

行香子·访固井村白茶基地

车驻山林，日照江村。放眼时、满目缤纷。园中何止，碧浪春云。正秆儿壮，枝儿茂，叶儿新。　　殷殷厚意，谆谆嘱语，最难忘、父老乡亲。栽来暖树，告别寒贫。感爱之深，情之切，国之恩。

▨▨▨ **王顺才**

青川白叶一号

莫言坎坷莫言贫，千里迢迢嫁此身。
沐浴春风和细雨，一枝一叶总怜人。

鹧鸪天·品新茶

百草千花竞万纷，莺啼燕语弄晴阴。摘鲜洗盏归家早，煮水呼儿快抱薪。　　论家园，话缘因。沉浮汤里看红尘。清风两腋茶七碗，唤醒人生几度春。

鹧鸪天·青川白茶基地采风

谁把山坡巧扮妆，线条道道舞成行。三春绿意深如海，一盏清香直入肠。　　挥巨臂，绘山乡。浙川携手著新章。春风细雨勤呵护，一片深情富一方。

严振华

青川白茶基地

勤耕万岭剪云纱，系向峰峦护白茶。
只待春风新叶嫩，掐尖焙制惠千家。

茶山游眸

犁山植梦助扶贫，一览青川面貌新。
春雨春风千嶂绿，茶株万亩缀金银。

青川茶韵

半岭青岚泽幼芽，村姑素指采烟纱。
尝香一缕诗心颤，云雾高山出好茶。

向 宁

青川白茶二首

君赠嘉禾栽雾种，峰前泛绿万千重。
初心总系民生事，品味当知情意浓。

云芽露叶扮春山，翠绿银黄绕指间。
耐得揉搓三昧火，一朝名号动乡关。

七佛贡茶

女皇喜饮贡千年，七佛声名誉满天。
今采新枝甘嫩叶，一壶上品赛神仙。

张学贵

鹧鸪天·青川白茶

秀美青坪耐久看，白茶基地誉全川。移来致富摇钱树，川浙同营幸福园。　　千里眼，绘佳篇。东风染绿美江山。乡村崛起新图画，诗卷长留天地间。

注：千里眼指白茶基地实行数字化管理，安装全景可视化视屏，专家在线指导生产。

罗　晖

青川白茶基地采风二首

漫野层峦入玉台，浙川联手福源开。
问茶哪得香如许，为有民生政策来。

峰回路转到青坪，风拂茶山和鸟鸣。
品茗闲聊观巨变，乡民皆赞北京城。

吕友根

青坪村白茶基地

隐隐青峰路九弯，七盘八拐上茶山。
白云生处茗芽翠，早有芳香绕舌环。

关庄镇固井村白茶基地二首

固井茶园传好音，云滋露润叶成荫。
纵眸绿满关庄岭，一枚新芽一颗心。

黄杜茶苗固井行，春来岭上碧莹莹。
青江水涌钱塘浪，奔逐浙川兄弟情。

咏固井村茶字石

体微无力补苍天，岩畔餐风若许年。
一自书茶成甲铠，披坚守护茗园边。

参观"川之味"厂房

厂区整洁画嵌墙，机器车间制茗芳。
馥郁弥楼关不住，穿窗透户漫空香。

浣溪沙·固井岭白茶基地

陌上清风徐送凉，参观翠岭正炎阳。上坡扑鼻嫩芽香。　　一岭白茶茵旷野，四围青嶂漫芬芳。山村圆梦步康庄。

廖兴富

观白叶一号基地随感二首

乡村致富无遗策，山水文章可细研。
安吉人民勤巧干，更移白叶济青川。

天麻木耳蕈菇新，四海签单网购频。
不说家乡白茶好，美名留与送苗人。

▨ 杨政国

青川白茶二首

青坪云共雾，石鼎清泉煮。
不敢独家尝，先来酬故土。

青坪云雾醉流霞，石鼎清泉煮白茶。
不敢山中留翠味，一杯新茗谢君家。

▨ 邱正耘

白茶三首

迎来安吉万千苗，根扎青川意气豪。
喜看深山风景异，清波白叶共滔滔。

闲坐诗思可有涯，回头谷雨叶分叉。
味浓最是白茶好，消得天边一抹霞。

从来上意重农桑，饭碗端牢心不慌。
更得灵芽能致富，一杯闲品气悠扬。

▨▨ **成德群**

吟 茶

白云深处始为家，天地通灵育嫩芽。
一掬山泉轻泛绿，分来笑数碗中花。

▨▨ **吴丽琼**

青川白茶二首

这方山水那方情，培育新苗劫后生。
一岭嫩芽才吐绿，十分厚望发心声。

川浙情连白叶情，瘠贫土地获新生。
三年守望寄千里，一盏香茶承盛情。

注：有感于青坪村将第一批白茶寄给安吉，并写了感谢信。

鹧鸪天·青川白茶

恋此山川别有情，情连厚土扎根生。时光滋养日增绿，朝气氤氲叶向荣。　云顶发，雾尖凝。一杯新露舌尖馨。唇间故事留余味，又遇春风垄上行。

临江仙·关庄茶山行

川浙茶缘镌石上，朝晖脉脉前行。露催新叶润无声。眼中浮绿意，心底涨温情。　莫道迢迢长路远，他乡再启征程。高天厚土把根生。此心何以托，山野正青青。

行香子·"川之味"品茶

一叶情缘，紧扣心弦。水浮绿、影湛青川。几经滚烫，煮沸流年。是杯中景，思中味，品中闲。　新芽细嫩，纤巧如攒。惜当时、异地乔迁。高山野岭，凝雾飞烟。看初心谷，种心愿，卷心澜。

风入松·访木鱼白茶园

　　暖风十里小桥边。晴日醉山关。幼苗娇嫩殷勤长，似青涩、初嫁芳年。还看乡村祈梦，蜜蜂追逐花间。　　深铭出手济时难。川浙两情牵。光阴轮转春来染，持新绿、遥付君前。千里分茶同醉，再谋野圃鸿篇。

▨ 陈晓玲

司　茶

嘉禾远在西湖畔，借得东风嫁蜀川。
情共壶中衔片月，只将心意落云笺。

采　茶

指尖雀舌少缠绵，疾若旋风卷雾岚。
检点江山凭妙手，于微细处费详参。

行香子·青川白茶

垒土修梯，叠石成蹊。迓春归、千里相知。昨宵谷雨，今日清辉。遇芽沾露，叶沾白，翠沾衣。　　西湖遥寄，青川修契。喜云笺、锦字非迟。山中瑞草，掌上琉璃。得国同强，民同富，韵同题。

帖安秀

青川白茶

采采茏茸叶，茶中品自珍。
银针飞凤羽，金鞘荐甘醇。
堪入季疵谱，能消蜀客辛。
清风今满室，余爱更驱贫。

减字木兰花·白茶

紫芝云峤，玉凤西来春正好。丛簇含羞，宛似骊珠下翠楼。牵情萦抱，早晚关心勤薙草。若个香浮，为有银针居上头。

贺新郎·壬寅半夏过青川固井白茶园

晴霭垂天角。入云山、车行固井，层峦如幄。溪转烟岚随轮
毂，涧水悠然自乐。看岭半、葱茏长薄。上有瑶枝生烂石，泛崇
光、安吉传金钥。疗疾苦，重一诺。　　昔年此地多贫弱。有他
乡、千株佳木，移根仄崿。银叶槎芽诚堪贵，更有殷勤期托。浙
与蜀、倾情协作。滴露丛行矜犹记，背鸡声、莳弄霜风恶。怀此
际，两超卓。

※ 许　可

喝火令·青川白茶

叶嫩千枝秀，芽新一片黄。浙江携手植山冈。漫野绿氛萦
绕，茶树一行行。　　入口无穷韵，回头不尽香。撷来诗意舌尖
尝。品那醇甘，品那味悠长。品那两枝三叶，最美是关庄。

张　琼

访青川白茶基地

一碗茶汤一世情，情缘安吉语何倾。
倾心长记来时路，路捧新芽赠客卿。

崔荣华

访青川白茶基地

车绕盘山行复停，排排新垄眼中青。
真情未许梯田瘦，白叶传来致富经。

青坪白茶

杭州湾有小苗条，叶叶能将困境消。
今日青坪荒岭处，满栽希望在山腰。

如梦令·白茶白叶一号

根在西湖深处，一叶已教民富。西蜀有青川，三得幼苗相助。甘露，甘露，情义壶中倾诉。

刘素君

望江南·青川白叶一号

春正好，草木任逍遥。枝上嫩芽新采得，但凭玉手试银毫，袅袅篆香飘。　　携手意，千里系知交。今有溯源全守护，天涯咫尺育茶苗，共富有奇招。

杨新蓉

白　茶

一壶青绿满怀香，慢品方知滋味长。
不尽浓情倾万户，无声细细润山乡。

张丽影

赞青川白茶基地

青葱跃眼帘，雾露落唇甜。
带雨新枝旺，茶姑好采尖。

见诗友入白茶基地采茶

清晨闻犬吠，一路赏山花。
才入茶园里，清香出嫩芽。

青川白茶

白叶翻山别故乡，移居川北势尤强。
扎根僻地枝芽茂，催吐新苗入梦香。

赵旷林

茶园之绘

半山雾霭雨朦胧，赭石调青淡墨中。
三月清风流翠绿，巧将诗句染春红。

董雪琼

八声甘州·参观青川白叶一号茶园有思

看梯田碧叶向云天，映日集清香。听村民细说，杭州送暖，若沐春阳。犹谢情深如水，勤种一行行。露浸留精气，滋味悠长。　　制后调匀入盏，饮甘泉润肺，烦恼抛光。忘尘嚣俗事，淡昔岁忧伤。约良朋、谈天说地，品茗时、意韵怎相忘。看明日、乡间瑞草，美誉飞扬。

左银霞

青川白茶

春风过野自宜茶，一夜芳菲醉万家。

喜见返乡人早起，山歌声里采新芽。

昝婷婷

登青川固井茶庄有感

清风漫固井，碧垄客来惊。

草野扶苗壮，枝新问语轻。

层层叠仙雾，处处啭流莺。

两地情何寄，山青月更明。

▨ 赵迎月

参观青川固井白茶基地

香满关庄绿满山，扶贫白叶抱峰环。
三年丰硕村民乐，滴水之恩铭世间。

参观青川固井白茶基地有感

浙江玉树绿青川，白叶初生滋味鲜。
幸有无私兄弟在，同来书写脱贫篇。

饮固井白茶

烈日当空人在冈，清新一盏任君尝。
不知陆羽《茶经》里，此味能排第几行。

鹧鸪天·参观白茶基地

昔日荒坡翠色茵，行行茶树展精神。生财护土山乡美，挥汗催苗父老勤。　　蜂影乱，鸟声亲。村姑巧手尽描春。农家快步康庄路，不负帮扶一片真。

熊芙蓉

白茶落户青川咏

白叶西来落蜀川，杯中碧玉梦中烟。
烟云倘若多情义，定是殷殷一念牵。

李华英

白叶一号

经年贯耳慕芳名，本在浙西黄杜生。
万里西来根植后，枝枝叶叶总关情。

王锡华

访关庄白茶基地

翻山越岭路萦回，新绿层层翠碧堆。
待得明年春雨后，重来与尔尽余杯。

飞鸟鸣·访青川白茶基地

万里晴川夏日凉，翠岭连绵绿意扬。峡清溪水亮，柳细莺声唱。　　梯地绕山冈，碧云飘叶香。可欣苗已壮，黎庶心舒畅。

何茂枝

白叶一号三首

春风载温暖，吹向蜀山深。
一片青青叶，勾连两地心。

驰奔千里有何因，来到青川结至亲。
叶变实非真病态，孰知病态法门新。

谁把江南西子心，连根植入大山深。
青青转白刚刚好，沁入壶中色似金。

固井村茶山

乐业安居日子红，今时不与昔时同。
乡亲有梦地生宝，引我欣然入梦中。

韩名泉

青川白茶二首

十里村山披绿装，远游宾客采茶忙。
尊前借问香何处，一号白茶芽正黄。

科技帮扶入大山，云端问诊渡难关。
此情可向谁来寄，远在千山万水间。

王湖益

青川白茶

原本江南白雪芽，春风送我到新家。
为教信守当年诺，携手浇开致富花。

肖方彦

参观青川白茶园感怀

之江馈赠玉玲珑，岭腹新芽映碧空。
白叶片片扬道义，五湖携手握春风。

品青川白茶

觅道壶中煮白茶，飘香四海五湖夸。
吾来固井逢知己，品得玄津不想家。

▨▨ *徐涛平*

青川白茶

浙北有仙株，移来蜀一隅。
两山宣至理，叶叶自扶疏。

观青川白茶基地

一盘公路向天弯，茶地层层峰顶环。
放眼田田流郁翠，馥香早在舌尖尖。

▨▨ *徐国文*

青坪白茶

春为湖山着锦裳，青坪茶树绿成行。
枝枝叶叶随风舞，笑对朝阳送异香。

品　茶

春来幸福岛间游，玉茗生香客满楼。
眼底白龙湖水渺，山山茶树绿沙州。

观白茶

行行茶树秀山崖，星月为邻雾绕家。
轻舞罗裙游客笑，争看白叶似娇娃。

茶山行

人在云中岭上行，青烟绿雾一坪坪。
白茶树树生金叶，片片都含雨露情。

李大波

青川白茶

江东遥寄树几枝，铺就青川满地诗。

寒雾陈烟田独翠，暖阳入画影多姿。

山枯乐润千挑水，锅烫方堪万去皮。

但使此茶能致富，不辞乌发变银丝。

王作溥

茶

红绿青黄黑白茶，春风轻拂吐金芽。

一壶茗粥清香溢，直上蓝天沁彩霞。

注：《晋书》载"吴人采茶煮之，曰茗粥"。

周益海

参观青川白茶基地

茶园基地话农桑，川浙结缘情意长。
陆羽若知今日事，《茶经》续写几篇章。

题青川关庄白茶

龙芽凤草溢清香，细品茗佳余味长。
川浙情深传美誉，一株新绿富关庄。

品青川白茶

一盏新茶韵味长，绿芽沉碧溢馨香。
怡神醒脑清心境，闲取山泉漫品尝。

▨ **杜绍培**

青川白茶

本源安吉普通茶，远涉山川做客家。
利欲莫图根扎稳，扶贫路上再添花。

▨ **张庭珲**

青川白茶基地采风拾句四首

茶园入画屏，嫩叶已翻青。
独把关庄恋，来时正吐馨。

我至关庄无别求，只因久慕此山幽。
与翁坐品川之味，半盏怡神解百愁。

层层白叶遍山梁，云盖雨滋暗溢芳。
碧玉杯中云与雾，汲来灵感润诗行。

蜿蜒龙脉沐朝霞，叠叠芳丛发嫩芽。
鹊语喳喳谁解意，料知是赞茗园嘉。

▨ 王兴田

青川县关庄镇固井村白茶基地

离乡蜀土生，细叶垄初横。
满树芬芳味，根流致富情。

▨ 安保龙

青川白茶园漫游

青青河岸上，婉婉水云川。
绝壁凌空柏，迷丛隐暗泉。
园中飞白叶，岭外绕清弦。
细品幽芳味，沉浮竟淡然。

青川县关庄镇固井村白茶园感怀

匆忙离故地，善缘结他乡。
但去青衫套，唯留白叶芳。
邀君来一饮，伴我解千觞。
若问前程路，天涯唱旭阳。

卜算子·青川白茶恋

热浪卷身姿，拭汗挥衣袖。人海茫茫伫立中，再为谁留候。　　千簇白霜飞，悴影尘风透。一种相思系远方，不解情丝扣。

向明月

白叶一号

新茶名一号，静待玉壶开。
清气满山野，微光出灶台。
氤氲甜梦入，雅致丽人来。
无奈香如许，诗情尽作媒。

浣溪沙·白叶一号

白叶青枝映碧空，春来香遍小溪东。一瓯清茗涤心胸。　　静对灵芽思远道，闲裁秀句问熏风。几回更与赏心同。

张 翅

定风波·白叶一号茶

我本江源安吉生，天荒坪上记年庚。少小血贫身白净，高冷。人称玉凤早扬名。　　远嫁青川缘已定，荣幸。好山好水好边城。古道客来谁与庆，歌咏。频传捷报到燕京。

母续福

关庄白茶园

关庄茶白味融融，青垄条条入目中。
携友寻芳来此地，闲聊漫品坐春风。

吴 勇

青川白茶

日高苗稼壮，叶白露含香。
携手山深处，帮扶情更长。

▨ 刘成枝

卜算子·白叶一号茶

衔命向西来，落户阴平道。一别家乡路几千，犹见风姿俏。　　身处瘠寒坡，志在彰功效。为尔双肩使命扛，誓摘贫穷帽。

▨ 唐　敏

观白叶一号基地有感

谁做新衣谁赐缘，茶苗千里嫁青川。
经风沐雨已三载，根植山乡把梦圆。

青坪村白茶基地

层层叠叠绕山梁，扑面而来淡淡香。
谁与春风相伴舞，农家幺妹采茶忙。

观白茶基地

行行垄垄遍山栽，翠碧丛丛入眼来。
欲把仙株看仔细，还须移步上高台。

茶园行

处处青葱春意生，黄鹂云雀自由鸣。
欢欣争把赞歌唱，不尽浙川兄弟情。

杨天平

青川白茶基地采风四首

嫩芽初展似霜锋，凝望繁枝意万重。
偏爱清香无限味，此山白叶最醇浓。

雾绕奇峰秀岭斜，碧枝盘垄发新芽。
灵苗滋长青川地，绝出人间至味茶。

万株齐发满园春，玉手轻拈笑语频。
白叶知恩思故里，焙烘雀舌献亲人。

遥途结对别钱塘，扶助黎农奔小康。
更觉青川山水好，扎根翠岭作吾乡。

赖力冬

青川茶园有感

经风沐露植青川，黄杜春茶展秀颜。
白叶阳芽才放绿，清香引客上南山。

茶园题韵

早披岚雾晚飞霞，雾绕春山好润芽。
日午暖阳光照足，丰年迎客焙新茶。

沁园春·茶园随记

款款青山，暖暖晴川，绿水潺湲。看垂髫皓首，往来跃跃；凡夫孺子，言笑连连。丹凤来仪，鸣蛩交和，一派欣欣绕碧峦。行吟处，恨文穷笔钝，空对兰笺。　　村村遍置茶园，跨千里、春枝写史篇。借新煎香茗，心游万仞；初温玉盏，神启千端。遥想当年，天摇地动，南国驰援未等闲。钱塘望，记深情厚谊，代代铭传。

郭　明

青川白茶基地参观有怀

轻车一路访青川，十里春风十里殷。
笑问新茶何处是，南来白叶满乡关。

向河舟

青川白茶基地二首

留得青山不用赊，碧罗素面蜀郎家。
念侬犹是惠泉水，只待春心摘嫩芽。

几场时雨孕新芽，摘下心欢捻作茶。
不问春风谁是主，客来客去我当家。

题固井村川浙茶缘石

馨风挟困逐轻尘，石上茶缘字尚新。
白叶情融川壑水，香盈固井一山春。

冯学文

访青川白茶基地

千顷新茶树，青坪岭上栽。
情牵巴蜀久，香自浙江来。

仲夏至青川固井

关庄西北望，高岭入霄冥。
栽下感恩树，书成致富经。
茶丛原号白，川塑自名青。
最喜桃源地，弦歌处处听。

杨健君

青川白茶二首

一叶能承山海情，云深不觉夏风轻。
用心来问绿枝叶，修到白头需几生。

偏闻因病乃生芽，尽使时人异白茶。
去树虽然招数野，养身但是效能嘉。
青川自此可安吉，山海何曾不似家。
送着春风登石径，神奇值得到天涯。

侯树武

青坪白茶

漫山绿色吐芬芳，谁把烟云入画廊。
碧水一壶香四溢，品诗不负好时光。

何庆常

白茶吟

立下长城志，青川已为家。
根深凭自力，不用恋浮华。

茶山夜话

难忘亲人养育恩，茶林夜夜望前村。
星星月亮一壶煮，饮露餐风助脱贫。

░ **唐明友**

青川白茶进入开采季（新韵）

云端传技育新苗，万亩白茶涌碧涛。
采叶姑娘尽情唱，声飘浙北和江潮。

注：浙江安吉县黄杜村捐赠给青川县的540万株白叶一号茶苗，经过4年精心管护，已投产上市。

░ **刘世元**

品　茗

待客以茶情义真，香飘唇齿绕西邻。
青川有意赐泉水，泡得银毫更诱人。

▨ 张显科

青川白茶基地采风二首

一坡白叶一山新，肌玉萌芽脱俗尘。
采缕清香风入鼻，举杯邀月话扶贫。

三月山花百鸟鸣，采茶仙子赛歌声。
舀瓢青竹江中水，玉叶翻杯两地情。

▨ 林　立

青川白茶

固井新茶入画中，满山青绿沐熏风。
借来四月白眉秀，携取一壶春意浓。

向德东

白茶基地

穿山越堑上青坪，一路欢声一路情。
借问仙乡何所有，紫云深处碧波盈。

李文俊

青川白叶一号茶园即景

喜至青溪景色妍，嶙铺茶垄接云天。
谁家燕子凌空过，留下泥香涂绿毡。

杨晓波

木鱼白茶基地

夏日红花窄路临，浅茶一片浙江心。
蜂飞蝶舞小溪闹，燕唱莺啼秀谷吟。
别样轻风撩去意，平常草色挽来寻。
弯腰白叶频留步，描绘山村话古今。

关庄白茶基地

山野无烟泛绿霞，河边摇柳草飞花。

矮坡带韵格桑趣，高坎生香白叶嘉。

日染关庄祥瑞唱，风临固井福星夸。

浙江援助青川富，僻壤民欢乐万家。

黄新明

青坪白茶二首

青坪浮翠影姗姗，采摘新芽展笑颜。

知是浙江情最厚，白茶襄助富深山。

偕友青坪村里游，芬芳静待置茶瓯。

一杯春色花相映，千里清明景最幽。

仲仕明

青川白茶

川浙联姻载梦长，万株白叶赠山乡。
根枝丰茂迎春绿，采得新茶寄远方。

蔡　国

青川白茶

浙北多嘉树，迁移到蜀家。
高山云雾里，片片是精华。

胡兴贵

参观青川白茶园

轻风丽日路连弯，梯地茶园岭上攀。
川浙连心情谊厚，青川农户得银山。

卜算子·参观白茶基地

旭日照城乡，小路茶园到。山野黄鹂处处鸣，游客声声笑。
家自浙江来，偏爱青川好。科技扶贫苦用心，又是丰年报。

赵建明

青川白茶寄情

万亩翠丘栽雪茗，折荆斩棘拓荒山。
新茶闲煮难忘味，山海情深一梦牵。

郁兴寿

青川县白茶园区感怀

玉碗沾唇淡淡芳，白茶万亩自钱塘。
山芽喜得名泉煮，一到青川不恋乡。

▨ **石金玉**

青川白茶

含冰饮雪孕新芽，时雨春生雀舌夸。
自古白毫皆贡品，而今遍种富千家。

▨ **袁志碧**

青川白茶

翠岭色尤新，芽尖片片珍。
茶香流雅韵，富足一方民。

新农村

BAIYE
DONG
QINGCHUAN

黄芝龙

车过七佛

清江清水育青茶，云雾环山雨后佳。
已是隆冬春不远，且看万树孕新芽。

初心谷采风

夜雨惊山谷，烟溪见底流。
萋萋芳草绿，勃勃密林幽。
修竹摇清影，小桥依木楼。
客来邀共饮，致富话源头。

夜宿阴平村

小康村迓我，十载未相忘。
春暮深山静，云闲薄雾凉。
诗心牵木屋，古韵绕芸窗。
阴平今夜美，吟声伴梦香。

重访幸福岛

春风挂我怀，岛上正花开。
拍岸湖消瘦，凝眸果孕胎。
楼新星满壁，树茂路无埃。
贫困终成史，夙愿追梦来。

注：这是余第三次上幸福岛。

浣溪沙·青坪村即景

荒岭云连路畔花，车行山顶怵危崖。白龙远望一江霞。　　拾韵寻诗城里客，提壶续水老人家。笑夸安吉话新茶。

好事近·青川县碧岭有机茶场

碧岭漫清风，歌动一山春色。客醉石元村里，惹尝新情结。　　插花小辫乐颠颠，茶园舞蝴蝶。披雾穿云归去，共分香心悦。

虞美人·湖上晨曦

　　熹微初露鸡先晓，水上人家早。雾烟缥缈隐群山，醉听悠扬晨曲自欣然。　　东方日出如红豆，霞映湖边柳。荒坡半岛起新楼，犹羡明珠一颗落沙州。

浪淘沙·阴平村夕照

　　门对一江凉，野岭苍苍。山风习习绕新房。草茂林森修竹舞，处处花香。　　蜂蝶扑莹窗，惹我诗肠。吊桥摇晃少年狂。更醉小村残照里，淡抹斜阳。

蝶恋花·青川毛寨村

　　屋后青峰林吐雾。绿径弯旋，连着农家户。吊脚木楼青石柱。稀奇乍见花红树。　　缘是山高风不误。夏日清凉，闲荡秋千去。新挂楹联夸物阜。乡愁让我忘归路。

　　注：花红树是一种蔷薇科苹果属植物，果实球形，黄绿色带微红，果皮脆而韧，果肉黄白色，有清香味。

░ 张 琼

毛寨百年土墙

毛寨当年谁举烽，虫痕弹道两相融。
一墙血雨腥风事，存入阿婆褶皱中。

░ 白 峰

田园小咏

农家小院几丛花，巧种时蔬见果瓜。
最喜一尖新笋破，藤萝架下试春茶。

░ 吴丽琼

青川沙州游

庭院紫藤香引路，携吾幸福岛中游。
双双白鹭斜飞处，一水浮云泊绿洲。

柳田村养蜂基地

莫道云深山路迢，循香满眼是蜂巢。
逢人见说时机好，从此乡村不寂寥。

访毛寨子

追云逐日绕峰来，山花争向客人开。
清凉世界清心境，留与诗家依韵裁。

茶坝老鹰茶

不老情怀吐嫩芽，植根茶坝此为家。
山山望眼身形挺，盏盏飘香馥郁加。
饮露经风栖沃野，清心益气去浮华。
红尘深处名声种，漫说时光久远些。

茶坝山洞酒窖

循香识得窖藏深，待字闺中不可侵。
依赖清流无浊气，恰逢盛世有知音。
诗仙抱憾未经此，黄酒醉人传至今。
颠倒神魂尤记忆，缸缸为阵鉴芳心。

白龙湖泛舟

沽酒寻春湖上行，桃花深处问啼莺。
波心尽染胭脂色，云底微醺潋滟情。
破浪飞舟风摆渡，随歌起舞客留声。
漫吟有兴诗怀润，彼岸幽香一径横。

白龙湖垂钓

二郎台上钓春光，烟柳扶风娇韵扬。
碧水潺湲奔峭壁，青峰迤逦绕山乡。
一竿画意云铺轴，百里诗情词赋章。
醉拥平湖心荡漾，声声布谷惹痴狂。

鹧鸪天·休闲白龙湖

识得巫山一段云，乘风戏浪更销魂。平湖去浊明如镜，峡谷通幽恍若春。　　抛远虑，淡红尘。清贫何苦累凡身？悠闲垂钓无归意，还看斜阳隐远村。

鹧鸪天·韩家大院

历尽沧桑院落残，风刀已损旧时颜。依稀雄势闻如在，莫道繁华过景迁。　　随运转，绕光环。今成文物入诗笺。几多往事常回顾，百载流芳岂等闲。

注：当地韩姓大户庭院，于民国初期修建，现为四川省文物保护单位。

临江仙·访青坪村

路自岭腰深处转，桐花开向晴空。浮云散漫最高峰。闲池青绿，投映两山雄。　　白叶扎根荒陌上，茶香以兑春红。感恩一片叶相融。安吉情谊，携手沐东风。

◢ 杨光雄

茶坝印象

莫道斯乡极普通，今番不复旧时容。
茶香酒冽农家菜，翘在深山一万重。

重访青溪

新衢作带抱溪清，岸曲堤长郭放明。
十载归来寻不得，蓦然回首总伤情。

韩氏酒窖

韩门造酒用情深，秘窖于今终示人。
山外倾樽皆是梦，烽烟百载赋流尘。

▧ 何 革

青溪古镇

雕梁翠幕映清流，草茂花繁不见秋。
远处谁将油纸伞，凭空撑出小街幽。

登摩天岭立邓艾裹毡处

林茂沟深叠几峰，居高恍若近云空。
摩天方觉身材短，望海尤思剑气雄。
一岭秋光无地界，千年往事没榛丛。
书生也欲裹毡下，好使平生有寸功。

注：岭上有碑，为川甘分界线。

高阳台·白龙湖泛舟

岸列奇峰，湖开平镜，行来无不销魂。斜倚雕栏，清风暗
解微醺。欢声荡漾波光里，把清狂、略剩三分。望高崖、翠掩云
楼，雾笼烟村。 风光如此属谁有，羡林间舞鹤，浪底游鳞。
景换千重，峡幽岛异频频。多年已负湖山约，趁今朝、重续前
姻。最难为、抛却烦忧，做个闲人。

王顺才

鹧鸪天·参观柳田村精准扶贫

昔日荒村空好名，峰峦莽莽向天横。下山十里泥巴路，果腹三餐玉米羹。　　依地理，顺民情。惠风拂动换门庭。蜂房满眼排排巧，新种茶苗垄垄青。

严振华

归乡再饮七佛贡茶

白云下岭入东流，大美青川放眼收。
神醉千峰农院上，乡茶一盏了离愁。

青川农家问茶

日作田桑晚牧霞，云岚淡淡罩农家。
客来不饮高粱酒，只叫煨壶上白茶。

▨ 张丽影

游沙州见白龙湖

群峦两峙夹清粼，万点银光幻亦真。

望断烟波春早绿，江滩三两钓鱼人。

画堂春·青坪茶岭偶遇桐花

千层叠翠绿云低，弄晴几处鸣啼。几坡茶树嫩苗肥。不负春归。　　环望青坪烟岭，如诗景色迷谁？桐花乍现胜蛾眉，人远心随。

▨ 杨新蓉

春到农家

农家柴院栅栏低，浓艳繁花铺满溪。

如盖绿荫光影瘦，门前小径路人迷。

夜宿阴平村

庭前小杏现青黄，燕子衔泥为爱忙。
坐看闲云曛夕照，情归夜幕晚风凉。

王锡华

青川茶乡吟

水绕沙河停午凉，山山云雾喷茶香。
何方宾客寻幽至，欲把青川作故乡。

何茂枝

过固井村

飞上云头即是家，春来又见发新芽。
方今不作观光客，相与村姑学采茶。

※ 赵洪信

农家乐小憩

风清气爽夕阳斜，品茗农家看晚霞。
思浙赠苗千里远，感恩常把白茶夸。

※ 冯学文

青川青坪村

高山嘉木伴赪霞，陇亩葳蕤催嫩芽。
昔日浙江云雾草，于今香满万人家。

※ 徐涛平

游青川幸福岛

竟有湖心一岛孤，桃红柳绿正丰腴。
酒家农舍交相趣，最爱游船浪里呼。

▨ **唐 敏**

白龙湖边

采风乘兴向沙州，潋滟湖光眼底收。

江上游船临客少，一湾春水使人愁。

▨ **杨天平**

白龙湖幸福岛印象

水碧鱼肥五谷丰，四园七景味无穷。

忙闲贫富匪殊异，岛上人家幸福同。

青 川 梦

BAIYE
DONG
QINGCHUAN

▨ 何　革

固井村听白茶故事

雨少温低土不肥，东来瑞草陷重围。
呕心修得适生术，户落青川也似归。

茶坝根艺之家

任是泥中俗朽根，一经点化附灵魂。
世间多少燃薪哭，只为无缘到此门。

首届青川白茶采摘节

山含笑，水开怀，春风煦煦上桃腮。
乡村今日逢盛事，远亲近邻结对来。
注目纷纷向山望，梯地层层白云上。
三年辛苦何足言，一任心花随意放。
轻盈健步上高坡，垄上新苗卷绿波。
名为白茶迁来远，家在安吉金银窝。
负重西来气如虎，践行先富帮未富。
纵是西东水土异，潜心修炼根基固。

今春投产初有成，新芽枚枚碧玉晶。

邀君远来同采摘，共享川浙茶缘情。

川浙情缘由来久，白茶更增情谊厚。

闻得春雷第一声，灵灵直待纤纤手。

纤纤手，莫迟疑，轻轻摘，缓缓移。

片片皆是黄金叶，身轻任重梦所期。

人分百业衣五彩，蓝底翠花最可爱。

嫩绿熏香兰花指，满篓都是原生态。

秀口悠扬一曲歌，声声真情出心窝。

引得百鸟相和唱，彼伏此起动山河。

黄芝龙

青川县琐忆

云连秦陇界，路辟扩红时。

国宝摩天问，山珍网店痴。

亲民夸古道，圆梦赞新姿。

犹忆鳌翻日，青川遍地诗。

青溪古城咏

青竹江波唱，哗哗自作情。

古城花吐艳，野岭鸟啼声。

星月千年影，云山一轴屏。

彩铺迎盛世，留梦也忘形。

如梦令·青川万步天梯

一步登天非梦，万级尧阶人踊。葱翠锁仙山，远眺怡凭秦陇。心动！心动！早有清风迎送。

浣溪沙·青川白茶采摘节

衣袖围腰染露无？清风薄雾伴村姑。曦阳懒懒不须呼。　　翠滴绿株凝雪浪，芽抽白叶远尘污。钱塘极品味何如？

鹧鸪天·采茶女

乳燕飞来柳叶青，幽丛半吐蕊千层。轻雷隐隐清风伴，细雨纷纷薄雾萦。　　新月白，晓星明。布裙红绿载歌声。携篮过岭闻香早，纤手频翻一片情。

鹧鸪天·青川籍全国人大代表徐萍感恩发言有感

高奏国歌声激扬，村姑参政颂华章。感恩欣说山乡景，致富名扬大会堂。　　凝玉乳，味悠长。浙江心系白龙江。千顷茶园非是梦，新茗浓情代表尝。

鹧鸪天·乔庄河夜景

溢彩流光遍地辉，银河倒泻万家垂。广场老妪翩翩舞，堤上情人对对偎。　　新厦垒，小区围。蟾宫仙子卷帘窥。问谁宏画今宵景，道是春风一夜吹。

金缕曲·青川新貌

常把阴平念。望盆边、林封雾绕，峰奇关险。蜀魏纷争流血处，已是新区成片。有古栈、游人遍览。高速横穿连富庶，过隧桥、耳畔风声卷。觅旧貌，寻难见。　　青山绿水琼楼掩。记那年、鳌翻地动，屋坍泪溅。倾爱钱塘华章谱，崛起城乡巨变。凭双手、豪情未减。深恩长流辉史册，上天街、放胆云中站。观夜景，彩虹闪。

杨晓波

摩天岭怀古

岭道摩天入莽苍，山中岁月觉悠长。
人传石壁飞兵甲，我溯溪流觅战场。
万里奇勋招忌讳，千年野魄叹悲凉。
阴平旧迹潇潇雨，犹有渔樵话邓郎。

廖兴富

山谷原舍笔会有感

百里趋幽谷，莫因风雨迟。

仰贤待开笔，近美为催诗。

众口同心曲，一盘演好棋。

芳菲当共惜，况此暮春时。

赵仕诚

庚子秋过青川东河口

十二年前惊梦魂，于今至此尚余温。

万民悲杂鹃啼里，风唳霾深何处村。

青溪古镇

烟柳迷离翠鸟啼，碧流绕郭醉青溪。

痴情恰是江边竹，颔首频频向客稽。

夜宿阴平村

嘉木环居花馥馨，轩窗嵌入一帘星。
耳边久久聆天籁，知是明渠唱不停。

唐家河之秋

粼粼溪水小河沟，漫步其间自解忧。
莫道秋深红叶老，白云犹恋数峰头。

唐家河国家级自然保护区偶遇野生动物

白云岭下小河滩，黄麂羚牛各自欢。
行旅偶然经此过，互相当作故人看。

阴平古道

得识于斯真况味，秦关陇塞画中分。
涵虚烟水迷芳树，惬意流莺唱夕曛。
名自几时遐迩响，路从晋始古今闻。
何人经此竟亡蜀，亦效金牛纵虎贲。

▨ 杨光雄

夏登高家梁

随兴如初访旧山，榴红报夏好闻蝉。
无端贡此迎宾曲，厌暑幽怀顿豁然。

感恩台

慨然直上感恩台，雨过霜葩次第开。
往事揪心珠有泪，高楼把盏笑盈腮。
降魔既使拔山力，合辙可消无妄灾。
百世功铭酬远顾，嘉珍已备盼君来。

乔庄新貌

临窗相望喜迎风，千叠横云烟翠浓。
华舍栖霞增秀色，新衢斩雾下危峰。
一朝济得西湖水，三载重生豆蔻容。
劫后乔庄依旧美，听完啼鸟听吟蛩。

▨ 余彪林

青川新貌

红云灯火浮林海，碧水楼亭浸远空。
两岸蒹葭秋色里，一川烟雨晚霞中。

▨ 王顺才

鹧鸪天·采茶女

暗长潜滋百草生，千丝豆蔻乱纷呈。晚云伴月宵宵梦，夜雨浇花日日晴。　　人未瘦，意先萌。青春莫负此时情。茗香共我蓬山路，盏盏杯杯味满盈。

▨ 康映国

青溪古镇二首

桃源何处有，恨到小村迟。

绿水摇草色，重檐间酒旗。

山听鹧鸪雨，水涨桂花溪。

阿妹姗姗过，山歌唱竹枝。

小村临古渡，新雨晚来天。

岸柳栖孤鹭，危峰下暮烟。

情歌桂花水，新谷晚秋田。

溪上洗衣女，问名称小莲。

阴平怀古

当年天下说三分，转眼三分又似云。

蜀道虽臣魏司马，王师只忆汉将军。

民安岂恃雄关险，国盛终须人事勤。

重走当年征战地，如今处处是新村。

░ 严振华

重铸辉煌

震后何须诉可怜，悲愁一揽向山川。

家贫不懈耕耘志，万亩茶畦织梦圆。

░ 帖安秀

八声甘州·东河口地震遗址公园行寄

（用陈迦陵《八声甘州·客有言西江近事者感而赋此》韵）

对颓垣破瓦最销魂，肠断筚门猿。记东河口畔，木鱼门外，水剩风残。尽日子规泣血，何处问生还。寂寞墟头月，梦里家山。　　屈指光阴荏苒，恨人间天上，分镜离鸾。望枝峰蔓壑，不见旧时颜。感汤汤、驰驱携手，告阿娘、广厦已千间。归来些、半竿斜日，返照峤鬟。

◢◢◢ **徐家勇**

青川行四首

草木本寻常，骚人笔下忙。
帮扶情义重，茶味自然香。

嘉木青川得，友情天下知。
精心培育好，写出动人诗。

莫叹经年久，煎茶染月痕。
迷人花一树，心事付诗魂。

何处惹风流，青川一乐休。
白茶三片饮，醉我去西游。

邓 平

唐家河国家级自然保护区春行

城里芳菲化落埃，唐家河里正花开。
新红半暖溪中水，软绿初妆岸上垓。
数朵闲云舒惬意，一行白鹭舞徘徊。
欲寻仙者无牵引，忽见翩翩粉蝶来。

何茂枝

参观"川之味"茶文化研学实践基地

千载荒凉秒变身，柔枝素叶趁时新。
何当来解川之味，富乐千家万户人。

杜绍培

采茶村姑

半坡轻雾见云鸦，玉指春葱撷嫩芽。
山径随风歌起处，归来满载一身霞。

韩名泉

见诗人参观照即赋

雅客赴茶乡，情倾一叶芳。
倩谁手中笔，赋得好辞章。

张　琼

天仙子·采茶

锦绣山庄晨雾绕，笑语盈盈身影俏。纤纤素手采新茶，香袅
袅，哼小调，最爱阴平仙境好。

崔荣华

题青川采茶图

川浙交心自不同，茶歌三叠醉春风。
兰花指绕芽尖上，绣出青山别样红。

参观"川之味"茶文化研学实践基地有感

"川之味"有一群人，联产联销情义真。
已把深山珍与宝，化成舌上四时春。

吴丽琼

忆江南·采茶

春来也，草木焕娇颜。垄上嫩芽沾雨露，乡间茶女采时鲜。素手不悠闲。　飞歌去，余味绕田园。才伴香风穿绿径，又留倩影在山峦。嬉笑白云间。

张丽影

采茶新曲

村女清晨采嫩芽，满山翠绿隐娇花。

新茶定是今春好，能否明天寄我家？

赵旷林

采　茶

茶园望尽绿梯田，垄垄新芽雨后鲜。

玉指轻翻晨雾里，拈来好句入云笺。

周益海

观采茶

清明时节采茶忙，朝沐晨曦夜踏霜。

莫道春风难撷取，村姑竹篓识清香。

徐国文

植茶树

地僻山高土瘠贫，山民挥汗断穷根。
行行茶树同春植，更望来年银满盆。

采茶歌

霞光万道照山明，姐妹相携云伴行。
婉转茶歌青岭上，引来喜鹊共和鸣。

青川逢友

半缘卮酒半缘诗，相别三秋恨见迟。
青竹江边重握手，白茶香里话相思。

▨ 向河舟

青川道采风

绿树摩天水未闲，群峰壁立鸟难攀。
沿途暗忖心中笑，到此不愁无靠山。

参观"川之味"茶厂

揉捻人机可代劳，杀青用火不关刀。
看来正道如茶道，受尽磋磨品自高。

"川之味"展厅品茶

壶中白叶味甘柔，梦里卿卿两百秋。
今日相逢终不舍，一杯消得万千愁。

※ **向明月**

七佛贡茶

仙芽九转驻童颜，盈尺何如指顾间。
龙瑞雪翻云表露，凤膺金蹙雾中山。
清明未及蕊先出，丽日应该叶易攀。
更与紫砂泉水渗，一壶品入剑门关。

※ **唐　敏**

青川印象

云遮雾绕岭摩天，路转峰回又复前。
一别红尘归隐去，山明水秀是青川。

青川采风座中听箫

座上时闻谈笑声，话题总叙浙川情。
悠悠一曲采茶调，越过千山到北京。

何 兵

采茶景

远上青山寻绿景，春光潋滟碧波粼。
情重莫问天途险，香郁新茶醉友人。

张正军

青川采茶晚归

日落踏飞霞，青山咏物华。
茶香终不负，缕缕入千家。

何庆常

送诗友赴青川采风二首

举手劳劳情意长，送君此去壮吟囊。
龙头起舞旌旗奋，一卷诗成茶味香。

会聚木鱼深处走，青坪上马绿油油。
如今种得摇钱树，陆羽云端也点头。

川浙情

BAIYE
DONG
QINGCHUAN

赵明光

有感于浙江当年帮扶青川赠白叶一号三首

白叶山珍宝，青川第一名。
扶贫生此地，是处总关情。

解困生仁爱，扶贫赠白茶。
深山珍宝出，一叶富千家。

白叶生江浙，扶贫进蜀村。
何须分你我，华夏本同根。

邱正耘

茶苗为媒

黄杜青川各一方，引来白叶吐清香。
东西互助开新局，水远山高情义长。

◆ 黄芝龙

眼儿媚·感恩桥

桥跨清溪起琼楼，晨暮鸟鸣幽。山清水秀，车来人往，树拥风柔。　临流难觅当年影，踏浪百花洲。钱塘好雨，乔庄新景，都在心头。

喝火令·代青坪村给浙江安吉黄杜村的感谢信

抗震曾施爱，扶贫又送苗。乡情千里缔深交。春到明前芽吐，怎忘浙江潮。　岭瘠东风拂，村穷瑞雪飘。鸡鸣三省喜今朝。白叶名扬，白叶富山坳。白叶青川追梦，片片说丰饶。

金缕曲·青川县城感恩阁

一水环城咽。爽神游、夕阳西下，掌灯时节。放眼桅杆梁上看，紫玉珠光炫烨。夜玫瑰、空中奇绝。塔体晶莹明灿灿，缬霓虹、摇曳新城惬。惊广宇，笑明月。　恩情不忘思京阙。喜乔庄、绿荫流媚，路宽街洁。劲舞广场翁媪拥，遣兴长歌三叠。心陶醉、飞眉扬睫。亿庶千秋当永记，倡和谐、壮志从头越。人共乐，创基业。

何　革

安吉捐赠白茶帮扶青川脱贫

一叶飞来万岭低，肩扛使命破难题。
根连根涌百阶翠，手拉手成千步梯。
绿白易容承雨露，老新换代见云泥。
今春喜把灵芽撷，不忘当先敬浙西。

金缕曲·赠中国农业科学院茶叶研究所
白堃元教授

　　未识先生面。任名声、耳边萦绕，直如雷贯。二十余年勤奔走，务使劣根尽铲，何惧这、山高路险。深信此乡风土好，把山山水水都摩遍。铁履破，杖藜断。　　名优茶茂山乡变。但凝眸、云中碧浪，郁葱长卷。绿水青山真可守，守出张张笑脸，君却是、满头霜染。每听春风传喜讯，让欢愉、直向西湖漫。真慰了，毕生愿。

王锡华

白茶情深

安吉远方来，灵根异地栽。
青川云锦绣，固井晓烟开。
味正香沾口，坡长绿绕台。
东西情似海，关爱绮霞裁。

李登禄

老区缘

青坪白叶志为先，川浙帮扶一线牵。
千里春风春雨润，茶香飞遍万重山。

▧ 何 兵

故 友

南方思故友，白叶寄相知。
情系深山里，难忘采撷时。

风雨同行

川浙两相近，同舟万里行。
霞光添韵彩，白叶寄深情。

▧ 向河舟

浙川白叶情缘

浙水蜀山千里缘，情凝白叶两相牵。
惠风吹绿心中梦，拨响奔康十万弦。

白茶联

BAIYE
DONG
QINGCHUAN

杨晓波

白茶联二副

扶万家贫，续两地缘，情连川浙亦报国；
侃三分事，煮九寨水，味入古今堪品茶。

入青川，溯青竹，指点青山，汗青曾记青云事；
游白水，品白茶，梦生白日，头白犹怀白月光。

蒲汉林

题青川

熊猫最有名，山里精灵皆国宝；
茶树真无价，明前叶片即黄金。

青川采风品茗

评说宛如，座上清茶有道；
沉浮自在，盏中真水无香。

赵仕诚

青川白茶三副

雪芽只合摩天岭；
茗盏偏宜青竹江。

灵根源发苕溪，不忘初心膺使命；
绿莽香盈白水，广增民富蕴深情。

秦岭南来，襟青旺剑苍，斯地重开新气象；
蜀山北望，萃白黄红绿，茗茶当溯故葭萌。

贺继彪

青川白茶三副

茶烟遍野，挂以千枝珠露；
川浙同袍，结成两地仲昆。

柏叶松针带露烧，慢煮清溪水；
浙东蜀北共苗茂，同烹白叶茶。

千里途遥树作媒，鉴党恩何止天高地厚；
一方水远风传信，看黎庶俱皆笑逐颜开。

王顺才

青川七佛贡茶三副

名籍葭萌，溯源何止三千载；
芽烹薪火，品味还需七佛茶。

品一盏清香、今生风雨，身与云涛雾海；
任千般烦恼、几度沉浮，心随明月清风。

松下烹清茗，他念自随流水去；
杯中看沉浮，此身便与白云闲。

▨ 杨光雄

青川白茶园三副

将几摞琼枝，遍插蜀山，既绿"三农"又绿梦；
沏一壶香茗，先酬黄杜，亦敦厚谊更敦心。

是谁把，坡作纸，树当毫，竟勾出春山燕影；
用心看，叶如兰，汤似镜，正清涵浙月蜀光。

沿山径而行，欣见荒坡吐绿，彩蝶凌风，谁道农家
无丽色；
循清香之气，恰逢花盏腾烟，贵宾品玉，莫非此处
是桃源。

▨ 白　峰

青川白茶二副

舍得春山一片白；
愿滋尘世万年青。

雾笼青山，几片银芽消暑气；
云镶白叶，一杯甘露洗凡尘。

赵明光

白茶二副

转生江浙成新宠；
移种青川作善缘。

蓄势山中，静等春天垂劲叶；
许身杯里，长随墨客遂豪情。

成德群

青川白茶

云蒸雾养灵芽嫩；
月映山藏图画新。

▨ *黄芝龙*

青川白茶二副

树垄行行，远眺翠屏云雾里；
茶烟袅袅，漫夸香茗乳花中。

三边萦雾幛，古道青川流绝响；
千岭醉茶苗，新村黄杜绘宏图。

▨ *康映国*

"川之味" 联

蜀雨浣红尘，浴火传薪，一瓯岁月川之味；
茗香遗太白，忘忧浮世，万里春风砚上花。

固井白茶基地

嘉木凤来栖，敢让荒山争气象；
小康勤有道，应教固井变江南。

▨ **陈晓玲**

青川白茶

雀舌新开，回甘茶味山中醉；
春风初度，婉转柔情花底眠。

▨ **吴丽琼**

青川白茶

一叶情缘，携手山村铺锦绣；
千秋愿景，惠民道路守初心。

▨ **余彪林**

青川白茶

户落千山翻白叶；
花开四月访青坪。

严振华

青川白茶二副

新芽带雨，人来直醉青岚秀；
白叶流香，客去犹怀小院风。

享世外清凉，慢品山韵，却忧石案无佳酿；
除胸中躁恼，轻抒梦怀，还喜农家有白茶。

杨政园

青川白茶

纵使变株存本性；
犹能异地展新颜。

邱正耘

品茶联

品茶如悟道，腹藏静气；
论史似谈禅，话带机锋。

徐家勇

白叶一号二副

何物动人，只为素心寻雅趣；
有谁招我，皆因白叶寓深情。

放歌翠巘，相看老友情思远；
作客青川，细品新茶意念深。

邓 平

白茶联四副

不与高枝争日月；
唯将白叶著文章。

大爱寄深情，常思安吉；
山珍添上品，最数白茶。

小家碧玉，欣然此地留佳话；
大美青川，许与今生共白头。

扶贫固本，犹欣白叶来东海；
落地生根，便把青川作故乡。

张学贵

青川白茶

白茶牵线，千山生绿意；
蜀水扬波，万里缔真情。

万长云

青川白茶

新绿鲜烹千滴露；
清风细品一壶春。

何茂枝

青川白茶二副

临老一身白；
赴汤满盏香。

莫道千山路远；
原知一叶情深。

▨ 向　宁

青川白茶

伐石为梯，裁雾为畴，看绿渗千岭，三春细叶兴村寨；
披肝有义，赠饴有爱，念恩泽一方，两地民心畅梦怀。

▨ 邓　勇

青川白茶二副

白叶深情报家国；
青川着意赶江南。

枝柔叶白，不夜侯来兴产业；
海涌江横，钱塘潮涨沃青川。

注：不夜侯，茶的别称。

王雪莲

白茶联

白叶惠民，勤种满山希望；
青川圆梦，丰收一片未来。

廖兴富

白茶联

一叶情关黎庶计；
三春晖感寸苗心。

刘如风

白茶联

香烟漫处，茶话乡山新气象；
墨韵兴时，诗吟家国好风光。

※ 李登禄

青川白茶四副

满山绿孕千家富；
一缕香飘万里情。

吸露吞云，长于仙境多灵气；
沐风沥雨，成自天然透异香。

云雾山头，亦粗亦细真君子；
国茶坊内，弥久弥香大丈夫。

荒野化苍龙，莽莽山河更旧貌；
茶塬飞捷报，悠悠川浙续情缘。

※ 王兴田

青川白茶二副

霞蔚青川开锦绣；
壶冲玉叶润心田。

诗咏白茶，梦圆万户；
爱铺绿荫，春满两山。

李泽禾

青川白茶

谁教蜀北千峰秀；
自带江南一脉香。

吕友根

固井白茶基地二副

万里扶贫，青江水涌钱塘浪；
千村致富，安吉茶氤固井云。

安吉倾心，凝成固井新芽白；
青川圆梦，溢出钱塘荷芰香。

▨ 许　可

青川白茶

山里灵芽，香飘四座；
明前翠岭，春到千家。

▨ 董雪琼

白　茶

碧玉凝香迎远客；
新芽滋露醉春风。

▨ 赵迎月

固井村茶园

情系千株叶；
梦圆万里山。

黄新明

青川白茶三副

浙江水润青川梦；
白叶茶香百姓春。

经受风霜，青川凝瑞气；
得涵日月，白叶吐精华。

皓月蕴精华，白茶一盏酬佳客；
青川藏气象，甘露三瓯敬远亲。

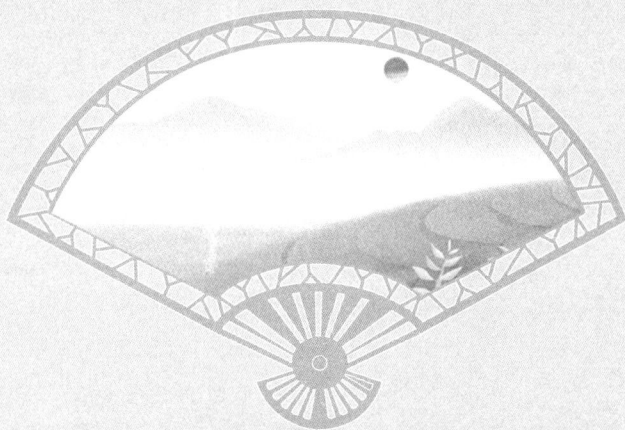

白 茶 赋

BAIYE
DONG
QINGCHUAN

贺继彪

青川白茶赋

　　浙东安吉，蜀北青川。因宵旰而连线，凭白茶而相牵。党政之衷，布深恩而眷顾；恤隐之切，赠嘉贶于黎元。是鉴良策载地，上德动天。既得明珠之馈，难报双涌之泉。歌平子之诗，叠钱塘之雪浪；建深厚之谊，逾青江之潜渊。群山拥翠，瑞木成林。丘岗翻膏腴之土，阡陌绝瘴疠之尘。植茶树于畦畹，泛岚雾以氤氲。且夫南熏如炙，酷暑发暄。树干乘势而拔，枝杪婆娑成荫。何惧炎天之烈烈，更扬仪态以欣欣。至若静秋送爽，霁月成雯。翠叶敛羞容之态，纤腰展婉约之身。华盖亭亭，显江南之灵秀；金风飒飒，送吴越之清音。尔其冬山如睡，瑞雪若银。不因天寒而叶坠，岂以地冻而皮皴。厚积来年之丰，韬光养晦；谢与乔木为武，卓尔不群。逮及阳和遍布，大昊司春。朝晖暮霞，映枝头玲珑之露；碧芽翠叶，披白毫无瑕之纹。犹雀舌、似银针。薄如蝉翅，轻以埃氛。于是乎！寒食清明，采嘉木之嫩蕊；玉手纤指，拈花雨而辛勤。起灶支锅，循八法而炮制；煮水置器，倾七碗而销魂。片片白毫，株株苗卉。冠绝百草，领衔六类。产安吉而扬名，移青川而拔萃。劳方家之往返，冷眼千里途遥；克科技之疑难，笑傲一身尘累。改土施肥，开渠导霈。兢业夙怀，刿心剀肺。乃至报以稔年，斩以实惠。凤草龙芽，箭叶洌水。杯中沉浮，览旗枪之轻盈；汤色均匀，鉴友情之纯粹。嗟乎！白璧有价，大爱无私；却之不恭，受之有愧。且埏埴后昆，披坚执锐。踔厉前驰，有进无退。回馈安吉则同襄青川，丕振桑梓而共赴韶岁。

白茶新诗

BAIYE
DONG
QINGCHUAN

▨ 林 立

采茶女

在去蜀北向阳茶山的路上
一大片一大片的茶树，都很低矮
但它们头顶的白云，总是那么高
采茶女与它们一起发芽、生长
平等地分享雨露、沐浴阳光

水墨一样的茶乡
就是一首素雅无韵的诗
偶有山风吹过
吹歪了头上的草帽
她们的笑声，永远那么清爽

每一位勤劳灵巧的采茶女
都是七佛贡茶文化的精髓记忆
每一枚茶芽，都有金子般的重量
在这里，我已融入茶乡之中
用心感受，陶醉他乡

一杯茶浓缩了世界的光影

五月，一个清新的季节
在向阳山上的茶地里
展开了新一轮的生长
我的梦才长出半片叶子

在初夏清爽的风中
清风碎了一地
远道而来的采茶姐妹
装点着山中的美景

远山，薄雾，枝头的雀鸟
远离尘世的喧嚣，远离世俗
可以让我放牧我的想象
可以让我的诗情随风起舞

一杯茶，浓缩了世界的光影
原谅我，我只是路过
踩乱了一山的寂静
风，沿着来访的方向返回故乡

谷雨季·茶叶地

向阳山上的茶树早已抽芽
在风中唱起了民歌
灰喜鹊的叫声灌满了春天

茶叶地苍翠、幽静
牵手并肩，连成一片绿色的海
茶妹子在茂密的绿海中穿行

被称为庄稼，命定清明谷雨
叶子被一片一片摘下
堆积成丰收的景象

阳光宽厚，抚摸枝头
每一片叶子都写满了秘密
足以支撑起一片江山

谭守彬

第一杯白茶敬亲人（歌词）

"5·12"大地震，将美丽青川变成一片废墟。浙江人民深情援建，让青川山更青、水更绿。脱贫攻坚的关键时刻，浙江人民又捐赠白茶苗540万株，续写了"一片叶子富了一方百姓"的故事，人间大爱，歌之颂之！

青川秀，浙江亲
青川浙江是一家人
白叶一号香
唐家河水清清
月儿照古道
夜静数蛙鸣
山风山歌山果子
薅草锣鼓留客听

青川秀，浙江亲
青川浙江是一家人
两幅标语美
一叶富百姓

茶香飘四海
姑娘踏歌声
大爷大妈大嫂子
第一杯白茶敬亲人

青川秀，浙江亲
好日子不忘共产党
第一杯白茶敬亲人

第一杯白茶敬亲人

谭守彬 词
成 学 曲

1=♭E 2/4 4/4

高亢地

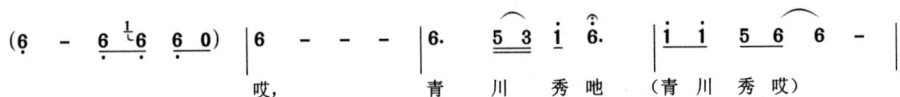

哎，　　青　川　秀　吧（青　川　秀　哎）

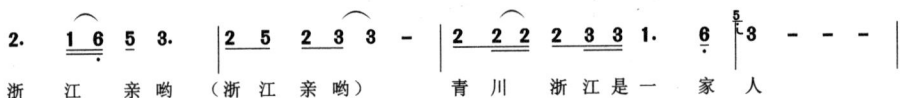

浙　江　亲　哟（浙　江　亲　哟）　青　川　浙江是一　家人

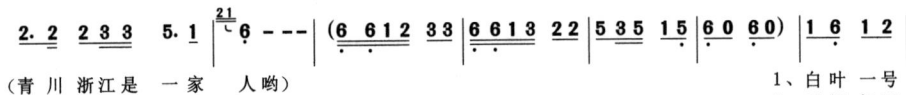

（青川浙江是一家　人哟）　　　　　　1、白叶一号
　　　　　　　　　　　　　　　　　2、两幅标语

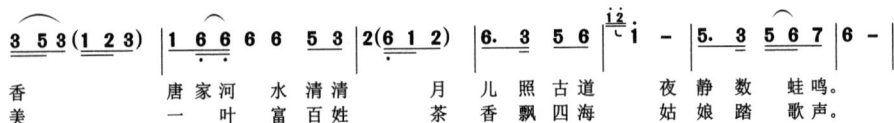

香　　　唐家河水清清　月儿照古道　夜静数蛙鸣。
美　　　一叶富百姓　茶香飘四海　姑娘踏歌声。

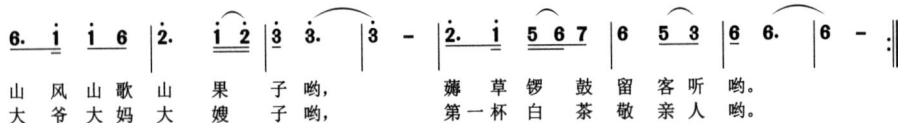

山风山歌山果子哟，　　薅草锣鼓留客听哟。
大爷大妈大嫂子哟，　　第一杯白茶敬亲人哟。

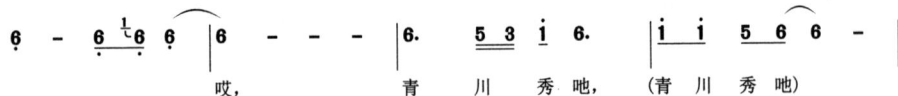

哎，　　青　川　秀　吧，（青　川　秀　吧）

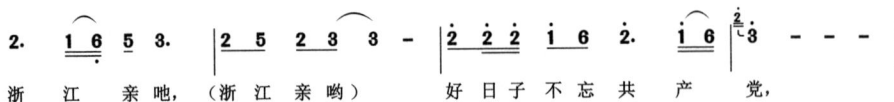

浙　江　亲　吧，（浙　江　亲　哟）　好日子不忘共产党，

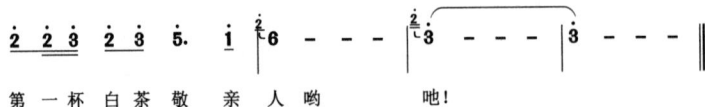

第一杯白茶敬亲人哟　　　吧！

编余逸韵

中秋前夕，辑选青川白茶诗词事毕。良辰雅会，依例当诗，乃以杜甫"月是故乡明"句分韵，得诗词五首，分录于此，以助假日之趣。

▨ 黄芝龙

好事近·思月（分月字）

今夜共倾樽，醉里踏歌三阕。都把满腔思念，向诗中频说。　　圆成一梦倩谁知，欣逢好时节。几度推窗迎我，有那轮明月。

▨ 杨晚波

如梦令·望月（分是字）

怕惹君心不是，遥望却羞遥指。悄悄上西楼，多少浓情寄此。行止，行止。岁岁今宵与子。

何 苹

金缕曲·待月（分故字）

相盼情如故。上高楼、举头怅望，夜空无主。玉兔金星踪影渺，相约隐身何处。竟不肯、垂眸一顾。知是人间多磨砺，问今宵、祈愿开门户。那忍见，离别苦。　　三年困守艰辛路。叹清零、说来容易，当真难做。荒草满原烧不绝，此灭彼生无数。费尽了、多般踌躇。我亦有儿归未得，对长天、暗把幽情诉。风渐冷，夜将午。

杨光雄

沽月（分乡字）

漫啃诗书到夕阳，杀青有望自舒张。
樽前沽月买回醉，任取年年客异乡。

李俊生

问月（分明字）

打从诗句写阴晴，便托千秋辞未更。
除却今宵风雨少，一年能有几回明。

后　记

　　青川，顾名思义，乃山清水秀、景色宜人之地。其地处四川盆地北部边缘，毗邻陕西、甘肃，素有"鸡鸣三省"之谓。千百年来，一代代青川儿女在这里与山水相依，繁衍生息，创造了悠久的历史和灿烂的文明。

　　这是一方神奇的土地。这里到处是奇峰幽谷，参天古木，昭示着她的原始与安宁。虽然地处偏僻，却有着两千多年的建县历史。金牛、阴平两条古道在此交会，迎候着征战的铁骑与远行的商贾；沉睡了两千多年的战国木牍，一经出土即引起轰动，改写了隶书演变的历史；先民在辛勤的劳作中自娱自乐形成的薅草锣鼓，被列入第一批国家级非物质文化遗产名录。这里森林茂密，动植物资源丰富，是大熊猫、金丝猴、扭角羚、绿尾虹雉等13种国家一级保护野生动物栖息的乐园，是银杏、珙桐等5种国家一级保护植物扎根的故土，是茶中珍品七佛贡茶的原生之地，是长江上游的重要生态屏障，是外地游客寻幽访胜、放飞心灵的理想之所。

　　这也是一方苦难的土地。由于山高谷深，土地瘠薄，交通不便，信息闭塞，长期以来，生活在此的人们都在与贫困顽强地做斗争。同时，因位于龙门山断裂带，自然灾害频发，尤其是2008年的汶川大地震，美丽的青川遭受巨创，基础设施破坏严重，人员伤亡惨重，成为全国人民牵挂的极重灾区。

这更是一方幸运的土地。20世纪90年代，中央做出了东西部协作、先富帮后富的决定，青川从此成为浙江的帮扶对象。至此，茶叶生产成为让青川受益最大的一个产业，得到飞速发展。地震灾后重建，浙江更是将青川作为浙江的一个县来建设，倾情援建，使青川基础设施跃上新的台阶，产业发展步入新的轨道。如何将青川的地理劣势转化为资源优势，进而跃升为产业发展的强大动力，如何真正将"绿水青山"变成"金山银山"，促进青川尽快脱贫致富，是脱贫攻坚战役中青川面临的重大课题。正当青川人民苦苦探索时，机遇又一次降临这方苦难而幸运的土地。2018年，依靠种植白茶而成功致富的浙江省安吉县黄杜村，决定向贫困地区无偿捐献白茶苗，助推脱贫攻坚大业，青川作为接受捐赠的5个县之一，再一次深深感受到东西部协作的温暖。几年来，青川共接收白叶一号茶苗540万株，不断扩大种植规模，两地干部群众同心同德，共同攻克白茶异地种植技术难关，谱写了一曲东西协作、携手并进的新时代凯歌。

2022年春，青川首批种植的白茶开始采摘。勤劳善良的青川人民没有忘记浙江人民的深情厚谊，响亮地提出了"第一杯白茶敬亲人"的口号，将生产出的第一批茶叶赠送给那些远隔千山万水、为青川发展做出贡献的浙江亲人。

为生动形象地记录这段历史，感恩为青川茶业发展而无私奉献的浙江人民，广元市诗词楹联学会与青川县商议，决定出版一部以青川白叶一号白茶为主题的诗词楹联作品集。学会多次组织市内诗人前往白茶种植基地采风创作，共收集各类作品700余首（阕、副），经编辑组多次讨论、修改，最终审定入选作者89人，入选诗词319首（阕）、联63副、赋1篇、新诗4首。在本书编辑过程中，青川县委宣传部、县文联、县作协、县诗词楹联学会给予了极大支持，李天桦先生题写了书名，图片系青川县文联提供。谢谦、周光虎、邱正耘、吴丽琼、刘世元等提供了精美的图片。在此对所有为本书的编辑出版付出了心血的各界人士，表示真诚的感谢。

云山苍苍，江水泱泱，浙广之情，山高水长。愿东西部协作之花开得更加绚丽，愿青川的明天更加美好。

编者（何革执笔）

2024年9月